우리 이제 함부로 사소해지자

강성애 시집

우리 이제 함부로 사소해지자

달아실시선
75

달아실

보조 용언과 합성 명사의 띄어쓰기 등 본문의 맞춤법은 시인의 의도에 따른 것임.

화살표를 밟으면 끝까지 가보고 싶다

그곳에 혹시 모를 내가 있을지 모르니까

시점의 오류와 시점의 정설 사이

속하지 않는 예외

나는 다시 범위 밖으로 사라진다

2024년 1월
강성애

2부. 생각 연습

3부. 오늘의 개인적 취향

4부. 플래카드 걸기 좋은 날

1부

우리는 먼 곳을 생각한다

이불은 오래된 새보다 가벼워서

이불을 터는 사이
털면 털리고 마는 10층 아래로
오래된 새가 날아간다
떨어지고 날아가고 펄럭이는 낭떠러지
이불은 오체투지 정면이다
기억에 없는 어젯밤이
난간에 매달리기도 한다

낭떠러지에서 떨어지고 싶은 기분
이불과 오래된 새가 밀접해진다
이불은
오래된 새보다 가벼워서
놓칠지 모를 손아귀를 꼭 붙잡는다
공중으로 포효가 쏟아지고
아직 닿지 않은 세계는
뾰족해진 정수리로 넘쳐난다
완벽하게 구겨지던 방안에서
해가 들어도 모르던 일이다

이불을 터는 사이
낭떠러지의 낙하는 잠재적이고
떨어지고 날아가고 펄럭이는 높이의
불안은 변함이 없다
이불 속에서 꿈꾸던 고단한 미래는
지금까지 안전한가?

이불을 터는 사이
낭떠러지 아래
수초처럼 흔들리는 욕망
흔들리는 것은 밤낮이 따로 없다

액자의 시점

액자는 벽에서 단단하고
너는 벽에 기대 흐느낀다
액자는 아무에게나 휘파람을 불지만
너의 입술은 너에게로 유일하다
너는 햇빛을 가리며
자주 액자 속으로 숨는다

액자 속에서 밤이 천천히 깊어가자
너는 긁히지 않는 손톱을 잘라냈다
어제보다 가까이서 두근거리는 심장
눈꺼풀 없는 눈동자를 붉게 물들인다
바닷물은 푸른빛에 비스듬히 기대고
해변을 기웃거리는 줄무늬 셔츠 기념일이
너의 손목을 낚아챘다
죽었던 애인을 잠깐씩 기다리던 너는
혼잣말처럼 쓸쓸해져
한낮에도 수평선에 불을 밝힌다

이제는 아주 돌아갈 시간

모래알처럼 둥글어진 너의 작은 등
해변에 앉아 오래된 휴식을 생각한다
둥글어질수록 목덜미는 차가워지고
이목구비를 눕힐 낮은 동굴이 필요해
돛은 바람을 앞세워
하나의 표정으로 격렬하다

액자 밖 세상에 가득한 발랄한 애인들아
애인과 마주한 이웃들아
기념일을 위해 마른 꽃을 준비하자
음악은 최대한 볼륨을 높이고
너의 동굴 가까이서 무성한 파티를 열자

한 번도 가보지 못한 꿈속에 도달한 너를
열렬히 기념하자

교과서 이해하기

생각을 숨기기 좋은 교과서 내면에
적도에 피는 꽃을 그립니다
열대우림에 내리는 눈을 상상하면
악어의 눈물도 뜨거워질 수 있으니까요
바다가 멀지 않은 곳에
순한 양을 풀어놓기도 합니다
양들은 숫자 세기에 희생되어
바다에 가 닿지 못했습니다
가 닿지 못해 신비한 물속은
오늘도 엄마의 자궁이라 배웁니다

시작종은 잘 울립니다
수업은 이야기 그리기에 적당히 유효하고
교과서에 기대는 일을 잊은 채
계곡은 탐정을 불러들이기 좋습니다
내부로 잠입한 탐정은 어느새
목차에 어긋난 사설에 동의합니다
문제 푸는 시간의 이야기가
마음을 푼다는 공식으로 변질되면

적도엔 또 한 번 꽃이 활짝 핍니다

교과서가 잠시 한눈을 파는 사이
낯선 페이지마다 끄적인 그림으로
새로운 세계가 펼쳐집니다

열대우림에 내린 눈이 녹을 때
붉은 펜은 잎으로 다져진 정글을 지나
원주민 얼굴 가득 정복자의 문양을 선택합니다
오로지 그림으로 주장되는 역사의
화려한 말미가 장식됩니다

세상의 수업이
덜 외로운 원주민을 따라 각색되면
교과서는 할 일 없이 풍성해집니다

이해하지 못하는 수업마다
만발한 그림의 시간이 무르익습니다

의욕적인 명상법

당신이 두 눈을 감는 동안
잊었던 계절이 천천히 생겨난다
당신은 접힌 무릎을 펴고
깃털 달린 신발을 신는다

신발을 신는 사이
무수한 잎들이 태어나고
허공보다 거대해진 머리통은 가벼워진다
당신은 정지한 생일을 다독이며
커진 머리통 속에서
사라진 호흡을 배운다

당신의 경험 많은 등 뒤로
조용한 의자가 도착하고
깊어가는 눈동자 속에서
순환하는 별들이 길을 묻는다
당신의 호흡이 능숙해지자
손등 너머 물결도 잔잔해진다

언제나 그리던 간결한 세상과
내일의 목차 사이,
머리카락은 한없이 침착하고
당신의 맹세는 날마다 다정해진다

영원을 알지 못하는 당신에게
얼마의 시간이 흘러야 하나?
여름 없는 겨울이 이상하게 번복되어도
당신은 최선을 다해 적막해진다

발밑에서 자전이 멈추자
마침내 당신에게로 도착한다

식물성 언어

너와의 한 시절
너는 낙관주의자처럼 생장했다
나는 네게 다정한 기분을 남발했다

네가 태어나자
너의 문장은 자주 길을 잃었고
너를 알아챌 수 있는 시간은 자주 멈췄다
네 이빨이 돋아나기 전
차갑고 말랑한 입술을 서둘러 주문했다
네 입속에서 녹아내릴 달콤한 너의 말들,
화분처럼 조용히 간결해질 때
네게 쇼스타코비치 선율을 들려주었다
너는 힘껏 자라는 법을 천천히 터득하고
처음 보는 거짓말을 이제 막 꽃피웠다
너의 혀가 밤새 조금씩 자라고
자라다 멈춘 네 혀와 같은 맛을 내는
말들이 날마다 태어났다

혀끝에서 만져지는 너의 문장들

몸집을 키우며 견고해졌다
너는 매일 다른 표정을 완성하고
나는 너와 함께 분별없이 확장되었다
네 이빨이 사슴의 뿔처럼
혼자 거대해지길 나는 조금씩 기원했다
너는 내게 최초의 미소를 지어보였으나
최초의 네가 도무지 떠오르지 않았다
나는 영영 돌아오지 못할
너의 말들이 두려워져
외우기 좋은 주문으로 입안 가득 채웠다

느리게 자라고
오차를 허용하는 시간이
일제히 너의 근처로 부드럽게 이동했다

경계는 했지만 너는 오래 자라났다

검은 꽃을 피우는 시간

여름 무렵에
가만히 헤어진 우리

힘내요 당신,
이제 우리 함부로 사소해지자
우리는 먼 곳을 생각한다

그때, 비가 올 것 같은 날이고
시간이 바닥으로 팽창한 날이고
우리의 안부는 대체로 중립적이다
바다는 잔잔한 날이다가
피할 수 없으면 즐기라는 욕망으로
태풍의 눈은 고요히 온다

언제나 힘내요 당신,
당신은 빛나는 모래만큼
많은 날을 가질 수도 있잖아요

계절 없이 찾아오는 막다른 잠

당신의 문고리가 단단해진다
비타민이 부족한 방안에서
자라던 식물이 검은 꽃을 피운다
당신은 똑똑 검은 꽃을 따먹으며
그렇게 죽은 새벽을 떠올린다

당신의 새벽이 아직
멀리 있어도

힘내요 당신,

따뜻한 입술로 깊은 곳에 있는
마음을 서툴게 발음한다

힘은 언제나 낼 수 있나요?
우리의 위로가 품격을 갖추면
검은 꽃의 향기가 완성된다

스카이 댄서

당신은 쉽게 친절하고 쉽게 비굴하다

밤사이
구겨진 무릎을 정돈하고
얼굴에 색다른 이목구비를 그려 넣는다
듣고 싶은 것만
보고 싶은 것만 골라잡는 사람들,
눈과 귀를 조준해
또 다른 세계를 제안한다

당신은 스윙스윙 천천히 부드러워진다
환해진 그림자가 부풀어 거리로 잠입한다
목이 길어져야 할 담장
맞지 않는 주파수에 걸려 당신이 넘어질 때
당신은 혼자 잘 죽고
혼자 잘 태어난다
당신이 태어나는 사이 고양이는
당신 발에 꼭 맞는 장화를 신겨준다
당신은 장화가 너무 헐거워

왼손과 왼발이 비슷해지는 자세로
길을 아는 고양이 뒤에서 기민해진다
맘껏 기민해진 당신은 그림자 없이도
길을 잃지 않는다
장화를 대신 신은 당신,
고양이에게 충실한 젖을 먹이려
한낮의 거리에서
씹히지 않는 뼈들을 다그친다

사람들은 아무렇지도 않게 다시
고양이를 키우고
당신의 이목구비는 혼잣말로 단순해진다
길을 잃고 싶지 않은 그림자가
당신 곁을 기웃거리는 시각

사람들이 당신의 그림자에게 말을 걸어온다

봄꽃 엔딩

당신은 하얀 목련을 좋아했지
하얗다는 것은 아슬아슬 긴장된다고
문득 당신은 지는 것들에 예민해지고
밟아도 넉넉한 색깔을 물어왔지

하양은 자주 눈이 부셔
곁에 있는 사람마저 눈을 감게 된다고
당신이 좋아한 노래도 시간이 지나면
낙엽처럼 쓸쓸히 떨어뜨리고 싶다고
하얗게 떨어지는 시간을 통과해
발자국 남기지 않는 잎사귀로 돌아
혼자 물드는 법을 배우고 싶다고

살아 있는 동안
하얗게 눈부실 자격은 차고 넘치지
당신은 시간이 흘러도 오로지
하얗게 신비롭고 싶어했지
당신이 좋아하던 템포로
꽃잎이 지고 나면

하양은 그저 밟아보기 전 시간으로
돌아가면 좋겠다 말했어

당신의 노래처럼 변해가는 꽃잎들
감정에 충실한 방향으로
빛을 발산하곤 했지
세상의 흰빛이 오직 흰빛을 놓아줄 때
당신이 좋아하던 하얀 목련은
당신 너머에서 멈추고 말았어

세상 끝의 시간까지
하얀빛으로 사라진다 해도
쓸쓸하긴 마찬가지야

하얗기만 한 시절은 아마도
당신이 가진 최초의 슬픔일 거야

아무 생각 안 하는 방

아프고 있을 때
너는 아무 생각 말고 푹,
쉬어야 낫는다
그래야 한다며 조언한다
이제부터 아무 생각 안 하기를 생각한다

어쩌다 내게 온 의문들이
한낮에도 어지럽게 시선을 맞춘다
가느다란 호흡과 유일해진 몸이
어둠을 지나는 동안,
하나씩
다치지 않게 도려내는 법을 찾아본다

나에게 길들어진 생각의 모서리가
그동안 골똘하게 삐뚤어져 있다
용서가 필요한 생각들
뿌리가 없는데 잔가지가 무성하다
아무 생각 안 해야 한다는 순간이
짧게 끊어서 오기도 한다

새가 없는 숲속에서
나와 관련 없는 열매를 먹은 것 같다
셀 수 없는 시간이 쉽게 휘어진다
아무 일 없는 것처럼
너도 무심히 사라진다
머릿속이 사막처럼 자꾸 언덕을 바꾸자
식은땀이 뜨거워진다

아무 생각 안 하기는 도대체 어떻게 하나?

아무 생각 안 하기가
방안에서 흘러넘치는 동안
오래된 심장 쪽으로
혼잣말들이 비스듬히 넘어진다

브레이크 타임

생각이 막힐 때 믹스커피를 마신다
커피는 막힌 줄도 모르고
물속에서 부드러워질 것이다
물이 끓는 사이 생각은
물속에 아예 잠기기도 한다

정확히 섞여야 제맛이 나는
믹스커피, 메이드 인 코리아에서
독립적인 일 없이
일관될 것,

생각은 자주 막혀
믹스커피를 찾는 날들이
늘어가고,
싱거운 생각이 대충 날 때
카페인은
의미 없이 안전하다

누군가는 속도를 탐닉하고

누군가는 단맛에 넘어갈 때
커피는 알갱이만으로 완성된다
뜨겁지 않아서 불안한 신념과
집요하게 겉도는 편견마저
물속에서 천천히 녹는다

이제, 나지 않는 생각들은
창밖으로 빠져나가
섞이기 힘든 사람들과
각자 판단한 팔다리를 따라 길을 걷는다

이것은 믹스커피의 질량과
상관없는 오후의 결론이다

기울어진 골목

나는 골목을 숭배하는 사람

사람들이 골목을 지나갈 때
나를 중심으로 동쪽을 정하고
서쪽으로 무수한 길을 낸다
한밤에도 어두워지지 않을 때
나는 최초의 증인이 되어
밤하늘에 동의한다

동쪽과 서쪽이 천천히 움직이고
나는 날마다 차가운 휘파람을 불며
명백한 출근을 했다
나는 확률적인 사람들과 복권을 사고
하이힐을 신은 여자와 정기적으로 키스를 했다
순결과 무관한 아이들이 태어나고
숨죽인 고양이들은 경험이 풍부해졌다

나와 다른 저녁의 사람들
골목 안에서 완벽한 생일을 맞이했다

그림자를 숨긴 개들이
생일 없는 사람들을 핥고 지나도
이빨이 침울해지지 않았다
소문을 이해하는 시간이 수동적으로 흐르면
나는 낡은 건물 옥상에 올라
무기력한 목요일을 회상했다

아무 때나 정지하고
다른 세상을 맘껏 기웃거릴 때
골목은 내일의 일정보다 견고했다

골목 안에서 나는 조금씩 유일해졌다

우리는 잘 모르던 사람

우리는 오늘까지 잘 모르던 사람
편견 없는 달콤한 밤을 선호했어
거리의 어둠이 나란히 눈을 비벼도
당신은 매우 안전한 밤을 잊은 지 오래,
오토바이 굉음이 허공 가득 꽃을 피우고
나는 당신의 등에 밀착해
최후의 속도를 기대했지

한바탕
질주가 심장보다 우월해지자
당신이 전하는 고백이 조금씩 불안해졌지
우리가 처음 보는 먼 곳을 동경하는 사이
네게로 향하던 수많은 의문은
등 뒤에서 빠르게 어긋나버렸어
우리는 반듯한 정면을 한껏 부풀리며
나와 관련 없는 소식마저 열렬해졌지
아직까지 우리는 잘 모르던 사람

당신의 등에 기대는 동안 다정한 오해가 좋았어

가장 먼 곳에 도착해도 정면은 볼 수 없는 등
어쩌면 당신의 정면과 마주하는 시간이
아주 오지 않을 거라 생각했지
매일 당신은 세상의 끝을 향해 시동을 걸고
나는 당신의 뒤에서 우리의 끝을 오래 붙잡았어
마침내 돌이킬 수 없는 그곳에 도달했을 때
더 이상 먼 곳이 등 뒤가 아니길 기원했지

우리가 지나온 시간마다 가득했던 기념일들,
너무 가까워서 정직해진 죄책감들,
당신이 없는 가장 먼 곳으로 사라져버렸어
이제, 어느덧 쓸쓸해지면
당신 등 뒤의 세계를 천천히 이해하게 될 거야

어쩌면 우리는 오래 알았던 사람

생활의 편리성

맨 앞에
줄을 서는 일은 우연히 찾아온다
내 앞에 아무도 없는 순간이라 말해두자
버스를 타면서 흐트러지는 순서
우연은 불편해진 자리까지 오지 않는다

우리는 주로 뒤통수를 바라보며
그것에 대해 가끔 깊은 생각으로
잘못 빠진다
나의 뒤통수는 알 수 없는 일이다

어쩌다
밥 먹었어? 가벼운 질문을 받고
편의점 진열대에 가지런한 밥알을 세다가
근처 카페나 가볼까? 망설인다

이 거리는 서서히 복잡해져
감자 파는 상인이 수박 파는 상인으로
부풀려지기도 한다

우리는 보이는 대로 시선을 옮기고
처음의 다른 말은 원조였던가 생각한다

감자탕을 먹으며 애인과 이별한 것도
처음인 오후, 나는
모스 부호가 새겨진 마음을 두둔한다
이렇게 먹은 점심이
소화제 없는 약국처럼 어이가 없어져
살다보면 그럴 수 있다는 말에 가까워진다

새로 생긴 호프집
대형 스크린은 저녁마다
축구나 야구가 펼쳐지고
첫 골과 이런 홈런 처음이라는
기사를 아직 본 적 없는 나는
빨리 올지 모르는 버스를
맨 뒤에 서서 기다린다

2부

생각 연습

번데기에 관한 편파적 사유

번데기 통조림을 주문한다
번데기는 먹을 것이고
쇼핑몰에서 심심하지 않게 지내고 있다

번데기 먹는 법을 처음 알려주던 당신
쇼핑몰에 없지만
번데기는 내게로 와
먹는 것으로 완성되었다
완성된다는 것은
확장될 일 없는 곳에 도달하는 일

나는 단백질이 부족한 아이
당신이 없으면 사그라들 것 같은 아이
가느다란 팔다리로 휘적휘적
성충을 향한 도약이 버거운 아이

작은 몸의 안부에 잦은 주름이 진다
활짝 펼치고 싶은 열망이 숨죽인다

작아서 평온한 껍질 속
몸을 웅크린 아이
여린 날개가 움트자
굳건하던 당신이 떠오른다
껍질 속 세상은 어둠조차 안전해
아이는 접힌 날개를
천천히 꼼지락거린다

세상 밖,
이국의 하늘을 꿈꾸는 날개들
오늘
나의 주문에 딱 걸려들었다

바닥의 특권

온전한 사과 하나 바닥에 나뒹군다
사과는 둥근 채, 누구의 것일까?
바닥에 관한 한 이골이 난 인생
온전한 채로 뒹구는 사과에
시선이 멈춘다
사과가 뒹굴기 좋은 범위를
마음껏 제공하는 바닥
사람들은 온전한 것만 갖고 싶다

더 이상 떨어질 곳 없을 때
받아준 바닥
거친 몸부림에도 끄떡없던 바닥
온전한 몸으로 뒹굴기 좋은 바닥에
방점을 찍는 사과
나의 삐뚤어진 모서리도 둥글어진다

무성한 잎사귀로 천천히
결실의 의지를 확장한다
묵직하게 버텨야 할

어린 가지가 풍파에 휘청인다
목이 수시로 마르고
사과는 둥글게 읽어지길 소원한다
혈색 좋은 사과도
바닥에 떨어지는 순간
씹히지 않는 그림자가 된다

찍을수록 짙어지는 방점
씨앗은 단단해지고
바닥에 나뒹구는 사과의
그림자가 짙어진다

다음 생의
무한한 전개는
바닥만의 특권이다

카레라이스

식전의 재료는 언제나 독립적이지

나훈아를 선호하던 엄마가 없는 밤
하늘엔 슈퍼 문
달빛은 어제의 생각보다 깊어가고

엄마는 나훈아 노래 한 소절처럼 궁금해졌어

당근을 썰면서 문득 당근의 생각이 궁금해지기도 하잖아
생각을 묻거나 그랬던 건 아냐
단단해져봤자 단칼에 잘려나가는 시간
국자로 휘휘 저을 줄 아는 부드러운 내면이 필요해

어쩌다 넣을 수 있는
고기의 냉동실은 엉덩이도 붉게 얼리고
지금은 다만 노랗게 물들어야 할 시간

식전의 시간은 계속되고

노랗게 풀어진 카레 가루는 그 밤을 지나
내일까지 물들일 자세야

끓일수록
달빛은 둥글어져 오늘 밤은
엄마 없이 나훈아 노래를 흥얼거려

생각이 부푸는 식후
단꿈이 달보다 밝게 팽창하고

없는 엄마마저
노랗게 물들 것 같아

엄마가 말했다

열세 살이라는 강아지
강아지라 불러도 괜찮았다고 말했다
사람 한 살에 일곱 살씩
더 먹는다고 엄마는 말했다
한 살씩 차곡차곡 쌓아 올린 지구와
몇 살이나 차이 나는 걸까?
그것은 범위 밖의 일이라고
엄마가 말하는 사이
강아지 꼬리 흔드는 법이 강해졌다
엄마의 나이 셈법은
강아지 꼬리가 최초로 칭찬받을 때부터
시작되었다고 말했다

마당에 묶어둔 강아지가
엄마 없는 일탈을 꿈꾼 적 있다
바람이 지붕을 염탐할 때
빗방울의 무게 중심이
밥그릇에 그득히 내려앉을 때
시간은 엄마를 따라나서고

강아지는
밥그릇 가득 고인 사실을 핥으며
일탈의 방향을 함구했다

아무 일 없듯 다시 꼬리를 흔들자
엄마의 칭찬이 쏟아졌다
13년 강아지의 범위에
7년을 얹어야 하는 엄마가 매번 복잡해졌다
꼬리보다 먼저 흔들리는 세상
엄마와 강아지 사이에서 끊임없이 이어지고
엄마는 자꾸 먼저 죽지 말라는 말을
입에 달고 살았다

이것은 강아지가
꼬리를 흔들지 않을 때의 연상이다

호모 사피엔스 사피엔스

이를테면 너는 숲에 이른다
최초의 초록은 귀밑머리에서 시작되고
너의 혀는 너의 첫 이름을 뱉는다
너는 가지를 움켜쥔 손바닥을 펼쳐 보이며
생각으로 완결되는 초록에 대해 묻는다
나는 이른 새벽 도달하는 푸른빛과
초록의 기원을
이제 막 체득 중인데

새로운 세기의 너의 시간엔
근육질의 슬픔이 직립하고
나의 새벽은 붉은 해와 달이 일치한다
너는 늦은 붓을 잡고 이제 초록을 입힐 차례
내게서 전이된 푸른빛으로
벽화를 완성하고
가까운 곳에 정지할 너의 정류장을 만든다
물의 역사와 싱싱하고 커다란 대륙이
이토록 밀접해 있을 때
너의 탯줄은 붉은 뼈들을 기르고 있었구나

기록에도 각도가 있어 평면을 그릴 때
너는 협곡부터 채색한다

뜨거운 입김을 불어도 만져지지 않고
자주 잃어버리는 너의 얼굴
거울 속에서 혼자 자라고 있을 때
나는 가장 먼저 두 발을 담글 거야
평행을 유지하는 일에 오래 몰두했잖아

이제 너의 먼 곳의 시간을 끌어다가
나의 시간 곁에 빼곡히 옮겨 적고
천천히
너의 붉은 뼈들을 완성해야지

의자의 품격

탁자 위에 의자가 올려져 있다
거꾸로 보는 세상,
사람들의 눈빛이 흔들린다

허공에서 반짝이던 별빛이
유리컵 안으로 내려앉는다
앉는 법이 어색해진 사람들
부재중인 안부를 심장 속에
품고 다닌다

앞만 보고 달려야 안심되는 세상
무게를 버텨내는 시간은
의자만의 품격

의자가 하던 일을 잠시 멈춘다
앉았던 눈높이가 제각각 출렁거린다
바닥 모르던 대화가 정지하고
사람들의 지평선이 요동친다
커피 향은 온 힘으로 은은해도

거꾸로 보는 세상 속
진한 향기를 퍼뜨릴 수 있을까?
네 다리만 믿었던 의자가
허공에 단단히 박힐 수 있을지
잠시 생각을 한다

카페 안 시간은 바닥으로 내려앉고
사람들이 앉지 못하는 탁자마다
의자가 올라앉는다
접해보지 못한 세상이 접힌다

오늘의 커피가 무사히 완성되어도
거꾸로 보는 세상
의자의 품격이 불안하다

스크린 도어

문이 열리는 쪽으로 믿음이 간다
믿음의 순간을 기다리며
외벽의 어두운 시를 읽기도 한다
쓰지 않는 인용이 무색하고
시가 다시 환해질 것 같지 않을 때
시선은 허공이다

오는 것들이 틀림없이 내게로 왔던가
기다려도 오지 않는 행운 같은 것
내게 먼저 오는 것은
구름보다 멀어서
잡히지 않는 함성 같은 것,

함성 없는
스크린 도어 앞
활짝 열린 곳으로 들어가면
네가 없어도 환해질 수 있겠다

한 겹으로 막을 수 없는 불안과

종점에서 데려온 문들이
목적지를 내려놓고 떠난다

아직 남아 있을 너의 온기
그것은 외벽의 어두운 시보다
희망적이다
틈새를 허락하면 안 되는
스크린 도어 사이로
너의 안부를 알아채면 좋겠다

반드시 열릴 시간 앞에서
생각했던 행운은 잠시 접고
오는 것만 기다린다

뿌리에게 요구할 수 있나?

TV 옆 산세비에리아
목마르지 않다

생장점을 따라 은밀해진 뿌리로
계절이 종종 엎질러졌다
TV 곁은 날마다 봄,
나지막한 소음마저
꽃필 자리를 찾아 잎을 기웃거린다
나른한 오후는
영양제를 덤핑해도
초록의 장점이 불안하다

지켜보는 눈빛에
다른 것이 되고 싶지 않다

꽃을 반드시 피울 거야
꽃 피우는 시절엔
무성해지는 본능은 잠시 꺼두자
관상동맥으로 뉴스가 잠입하고

점검 끝난 소식은
꽃의 길목을 따라나선다
깔린 자갈돌에 불을 밝힌다

끝없이 확장되며
초록으로 답해야 하는 역사
어린줄기는 몸집을 불리고
화면 밖에서 밀리지 않는
그림자를 잉태한다

피울 수 있는 한계를 알고 있는
뿌리,
초록의 심정을 헤아릴 수 있을까?

히치하이킹

접시꽃이 외줄을 타고
하늘로 오른다
수직에서 삐져나온 몇몇
급한 마음에
히치하이킹을 시도한다

한산한 거리
지나는 차와 눈맞춤을 위해
도롯가로 바짝 얼굴을 내민다
옆에 있던 붉은 접시꽃
놀란 얼굴로 지켜본다
뽀얀 분을 바른 하얀 접시꽃이
처음 시도하는 히치하이킹

모험은 타이밍이다

멀리서 울리는 자동차 경적
접시꽃이 목을 빼고
내달릴 준비를 한다

전력 질주가 필요한 지금은
히치하이킹을 시도할 때
하얀 접시꽃은 조급하다
꽃대의 유연한 허리를
요염하게 흔들어본다

수직 상승에서 뒤쳐진 날들
다른 것이 되어도 괜찮을 것 같은
수평의 세계가 절실하다

히치하이킹이 성사되면
접시꽃의 사연이 인용되고
떠나기 좋은 계절엔
수평의 세계가 펼쳐진다

꽁초의 생각

조각공원 옆 벤치
바닥에 담배꽁초 무수하다

바닥은 생각을 던지기 만만한 곳
허공에 띄운 행운마저
바닥으로 추락한다

꼬리를 무는 생각과
피울수록 달라지는 담배 연기
순간의 기분이 상승한다
함께 앉아서 외로운 벤치는
각자 담배 피우기 좋은 지점
어깨를 빌리지 않은 체취가
벤치에 스며 있다

누군가로 일축되는
꽁초의 사람들
꽁초 위에 꽁초가 던져지며
닮아가는 본능들

바라던 소망은
사람들이 흡입한 허공에
잠시 꽃이 피기도 했으리라

담배 연기에 깊이 연루된
벤치 옆 조각상
행운이 스쳐 간 무릎으로
낮게 조아리고 있다

생각 연습

생각에도 연습이 있다면
너는 어떤 생각을 먼저 할까?
내 머릿속은 고장 난 촉수들로 가득해
쉽게 순서를 정하기 힘들고
연습이 부족한 생각은 각자
익숙한 방법을 선호하지

가령,
가지런한 두 손과 상관없이
왼쪽 다리를 떠는 나의 버릇
이것은 너의 고백이
늦어질 때의 모습이야

연습 없이 게으르고 싶은 날
묵혔던 생각의 순위를 정해
종일 되감게 되는데,
손끝까지 스며든 오래된 너의 체취
지워도 지워도 흐려지지 않아
생각이 아주 필요 없는 사람처럼

오늘의 운세 따위에 맡겨버리지

어떤 날은 밤낮없이 연습에만 몰두해
오해로 가득한 표정들이 몰려와
열을 세우고
해명할 순간은 어느새
길을 잃고 말지

아직
연습이 필요한 뜯지 않은
나의 생각들
슬픔이 비집고 들어오기 전,

혼자여도 외롭지 않게
사는 법을 배우면 좋겠어

동물의 왕국

저녁이 오면 우리는
동물의 왕국을 보며 밥을 먹었다
밥 먹는 시간은 활기차고
나는 젓가락질에 서툰 힘을 모았다
화면 가득 등장한 어린 사자
눈빛과 이빨이 밥상을 노렸다
나는 상관없이 아무거나 꼭꼭 씹어 먹었다
오늘도 사자의 앞발은 오차가 없어
아버지는 사자 편을 들었다

이건 덜 여문 목덜미잖아
아버지가 뱉어낸 등뼈를
오도독 씹을 수 있는 튼튼한 이빨로
나는 어서 자라고 싶었다
나의 앞발이 골목에서 격렬해지면
먹어보지 못한 맛들을 매일 연습할 거야
저런 직설적인 사냥 법은 이제 지루해졌어
피를 봐야 식사가 되는 취향도 각자 길들여야지
더 알 것 없는 사냥이 끝나자 나는

내일의 늑대 편을 기대했다

동물의 왕국을 볼 때마다 나는,
잠깐씩 배가 부르고
배가 부른 시간은 빠르게 지났다
아버지의 완벽한 사냥을 이해할 무렵까지
어린 늑대들은 나무 둥치 아래서 잘 지냈다
일찍 먹은 저녁을 잊고
나의 밤은 색다른 꿈을 향해 조금씩 길어졌다

아버지의 퇴근이 동물의 왕국보다
헐렁해지자 우리는,
넓은 초원을 떠났다

동물원 입장에 관한 보편성

언덕을 대여하는 일은 오래되었습니다
기린이 오래되듯 코끼리는 의자 없이
앉는 연습에 몰두하기로 합니다
코가 가까이 오기 전 오줌을 눠야겠습니다
오줌은 오해하기 쉬운 자세의 코와 멀어집니다

아이들이 잘 모이는 언덕으로 어른은
목소리를 낮춰주세요 코뿔소와 하마의
자화상을 햇볕에 말리는 사이 바다사자는
거북의 안부를 엿볼 수도 있겠습니다
안부는 적당히 단조로우며 물보라를 일으키는
물범을 뒤로하는 일이 흔해집니다
돌고래의 점핑이 사라진 현재가 전설을 만들고
국위를 선양할 때처럼 깃발을 높이 꽂아둡니다

잊었던 시간이 가까이 와도 우리는 단단합니다

군무에 맞춰 시간이 경쾌해지면 좋겠습니다
홍학은 박자에 놀라 선택적 발성을 하고

꺾이지 않는 목선은 외로운 지점을 포함하기로 합니다

점심으로 던져진 사과를 공처럼 굴리는 일이
먹지 않는 슬픔이라 단정하는 요일일 수 있습니다
원숭이를 기대하는 마음은 새처럼 결과적이지 않습니다
오로지 결과로 승부를 보는 사람들의 위로가 지나갑니다
원숭이가 손가락을 가지에 걸 듯 재주 뒤로
숨어버립니다 점점 호랑이를 알아갈 일이 거대해집니다

울음의 낮과 밤을 나눕니다 밤 울음이
언덕을 넘는다면 우리 안의 슬픔도 남아 있지 않습니다
열려서 좋기만 한 세상은 어디에도 없습니다

지금 잠시 우리를 열어두겠습니다

귓속말

너와 다른 시선은 최초라 쓴다
우리는 의미심장한 날들을 보내며
이 모든 날을 단맛이라 쓰다가 지운다
왼쪽 귀는 자세를 낮추는 법에 몰두하고
우리는 각자 다른 방향으로 기울어진다

기울어진 세계 속에서 나는
어제의 경험을 생각한다
캄캄한 입속에 저장된 나의 혀
너를 정복하려 음모를 꾸민다
우리는 각자의 정복을 위해
처음 보는 그럴듯한 사람이 된다
심장 근처에 묻어둔 나의 고백들
무질서하게 두근거리거나
메아리 없이 격렬해진다

나의 오른쪽 귀는 어쩌다 친절해
형이상학과 형이하학을 넘나든다
우리는 비교적 우호적이거나

정교한 영혼 쪽으로 깃발을 든다
영문을 모르는 진실 앞에
천천히 익숙해지길 소원한다
우리의 섣부른 고백이
엉뚱하게 발설되자
소문이 빠르게 지나간다

우리는 수많은 의문에서 벗어나
좀 더 가까워지려 한다
나의 왼쪽 귀는 골목 끝에서 환해지고

우리는 드디어 두근거린다

3부

오늘의 개인적 취향

종횡무진

길가에 버려진 감자에 싹이 났다
싹은 뻗기 좋은 공간을 확보했다
눈 밖에 있던 감자
빛의 안쪽으로 들어온 것이다

눈 밖에서 틔운 싹
이쪽으로 와보세요, 누군가
싹을 본 기분을 기부한다

감자 싹이 자라길 바라면
감자는 서서히 도구가 된다

밝고 환해서 밝혀진 진실
환영하는 일은 언제나 밝다
밝은 곳에서 일어나는 것은
환영 없이 종횡무진이다
도려내지 않은 감자 싹에
불안한 날들이 겹쳐져 있다
불안은

독을 품기 좋은 징조

거리의
감자가 몸을 바꾸기 시작한다
식물성 기분을 제치고
배우지 않은 전개의 방향으로
진입한다
범위의 압축이 풀리면
독설하기 좋은 광장을 쟁취하리라

도구로 버려진 사람들 틈에
위험한 감자 싹이 자란다

몇몇의 기분이 나아진다

라면을 끓이는 동안

세상 간절한 5분,

방금 지나간 1분의 자세로
4분을 기다린다
라면 끓이는 방법이 표면에
깨알처럼 박혀 있구나!
끓는 5분 동안
깨알 같은 방법을 무시한다

목구멍 너머에서 꼬불거리는 식욕
내가 알고 있던 5분은
생각보다 멀리서 온다
끓는점을 지나쳐도
면발의 탄력은 지켜내자!

라면이 끓는 동안

조금 전의 누군가는
미래로 가는 숫자에 안간힘을 쓰고

이후의 누군가는
뜨겁고 캄캄한 발밑을 지나간다
이런 접점 없는 기사가
5분의 세계 안에 있었구나
자극적인 세포는
붉은 입맛으로 포진한다
면발보다 조급한 미래와
뜨겁고 캄캄해서 두려운 발밑이
5분 밖에서 관대해진다

차오른 식욕이
인스턴트 시간 안에서
빠르게 점령된다

휴일의 개인적인 취향

비 오는 일요일엔
전국 노래자랑을 본다
힘차게 울려 퍼지는 시그널
젖은 휴일의 드라이를 시작한다
TV보다 낡은 대본 사이로
명랑한 멘트가 튀어 오른다
먹으면 백 살까지 산다는 술병을
바닥에 펼쳐놓는 여자
신선주라며 아흔의 사회자에게 권한다
사회자가 십 년을 냉큼 받아 마신다
비스듬히 누운 시간을 일으켜,
그녀가 권하는 술잔을 나도
마시고 싶다

마이크를 잡은 그녀
한 박자씩 앞서며 경쾌해진다
사랑하기 딱 좋은 나이라며
엉덩이를 씰룩거린다
엇박자의 엉덩이를 곁눈질로 훑으니

딱 좋은 시절의 그녀가 보인다
한때 사랑한 것 같은 그녀가
머리카락을 찰랑거리며
흥겨운 리듬을 타고 있다

환호하는 관객들 사이로
차임벨 소리가
애매하게 울린다
휴일과 관련된 새로운 장르다

함께 늙어가는 일요일의 초대 가수
무조건 무조건 달려간다며
조건 없이 간드러진다

축축하게 녹화되는 한낮
화면 밖으로 휘어져 나온 그녀와
개인적인 시간을 갖고 싶다

드레스 코드

겨울 여름 겨울
암전… 암전이야
정면에서 읽힌 적 없는 글자들
오늘의 셔츠마다
I am calling you.
딱 붙기 좋은 살갗을 드러낸 허벅지
피치퍼프보다 부드러운 살결을 느껴줘
베이지처럼 심심한 시간은 건너고
젖은 날엔 안전한 주머니가 필요해
하이힐을 신고 뒤꿈치를 들어도
매일 키가 작아지고 있어
이제 높다란 기념일은 그만둘래

레이스 달린 드레스는 빛이 바래기 전
엄마의 장례식을 기다리지
혼자 막 태어난 엄마는
시간 맞춰 젖 물리는 법을 잊은 지 오래
거울 앞에서 쓰다 만 계절을 기다리고 있어
립스틱을 지워도 붉은 꿈을 자주 꾼대

이목구비를 돋보이게 한다는 낡은 귀걸이
서랍 바깥쪽으로 자리를 옮기고
85년산 로즈핑크 스카프
그해 장미 향을 기억할 수 있을까?

오래된 순서대로
닳아지는 법은 버리기로 해
수선할 때마다 삐뚤어지는 발목들
외출하지 않아서 너그러운 오후의 감정들
체크무늬가 필수라며 그어지던 유행들

입지 않아도 잊혀지는 시간
내밀해진 목덜미 너머로
다시 올 차례를 정하고 있어

전야제

짧고 유장한 밤이다
당신은 자주 낙천적인 사람
그 밖의 무모함은 예외이다
탁자 위 던져둔 외투에서
신음소리가 들린다
당신의 심장은 대단히 우호적이고
즉흥적인 밀담을 쉽게 허락한다

당신은 낡은 입술을 벌려
하얀 알약을 털어 넣는다
낯선 시간이 조금 전 지나갔다
간간이 떠올리던 완고한 히말라야
발에 맞지 않는 신발이 당신을 재촉한다
이 세상 유일하던 당신의 어젯밤,
아직 혼잣말을 내뱉지 못한다

목격되지 않은 수많은 밤을 지나
당신은 어제와 다른 표정으로
걸어 나간다

처음으로 입 맞추던 날은
지상을 떠난 듯 멀리 있다
편견이 있으면 잠을 잘 수 없다는
진리를 천천히 깨닫는 중인데
우호적이던 심장이 가난해진다
당신의 익숙한 시간은 서서히 흩어지고
침대는 고요하게 거대하다

히말라야 정상의 특성을 거둬내자
쌓인 눈이 당신을 덮친다
당신은 눈 속에서 처음으로 따뜻하고
순간,
편견 없는
잠 속으로 빠져든다

예측 가능한 아침은
오지 않았다

묵비권

가지런한 사물함에 이름을 붙입니다
나의 사물들은 시큰둥합니다 나는
기웃거리다가 사물에 걸려 넘어져본 적 있습니다
어쩌다 일어서고 바닥은
여전히 울퉁불퉁합니다

나의 사물이 쉽게 낡아가도 사물함은 나란합니다
명칭은 한가지로 모으고
내가 읽을 수 없는 사실까지 보관합니다
사물함은
단단한 고리에 비밀번호를 수락합니다
번호는 대낮에도 누락되지 않은 사실처럼
중얼거리지 않습니다 언젠가
비밀 아닌 비밀을 사물함에 넣고 까맣게 잊고 지냈습니다
사물은 비밀보다 정직한데
보이지 않는 비밀은 사물보다 숨을 곳이 적습니다

나란한 사물함에 유효 기간이 임박합니다
내가 아닌 해제 시점이 오면 입술이 간질거립니다

비밀번호는 이제부터 비밀이 없고 나의 사물들은
틈틈이 시큰둥합니다

숨을 곳이 정해지면 비밀 없이도 숨기를 권장합니다
사물함은 나란한 의무로 여전히 방어하고
물리치지 못하는 잘못된 비밀은 없습니다
일정 기간만큼 시간이 지나면
사물과 비밀의 경계가 흔들립니다

사물의 경계가 술렁일 동안
나의 입 밖은 생각보다 안전하고
비밀이 없는 바닥은 오늘도 울퉁불퉁합니다

지나간다

세상 간편한 위로의 말,
이 또한 지나간다

잡힐 것 같은 몇몇도
지나가는 것들과 함께 지나간다
지나가는 것들이 가닿을 곳 또한
지나간다

급여를 받던 당연한 날들,
거지같은 일이라 생각하던 날들이 지나간다
한 달에 하루쯤 넉넉한 통장 잔고가 지나간다
한 달에 하루 쓸 수 없는 월차가 지나가고
아침마다 로또 판매점 앞 발걸음이 지나간다
계단을 오르는 몸뚱이가 향하던
첫 출근의 꿈이 지나간다
담장 밑을 서성이는 고양이
집을 나온 걸까,
짧은 생각이 함께 지나간다

지나간 후
기다리면 오는 것들을 기다린다
한 달에 한 번
당당한 월차,
붉어진 주식의 화살표,
비우지 않은 마음 속 로또,
아는 것이지만 알 수 없는 것들이다

점점 느슨해지는,
오전과 오후의 나른함
월세가 임박한 집으로 향하는 길
길가 고양이는 집을 찾은 걸까?

발톱만 세우던
허공의 시간이 아주 지나가버린다

경계에 뜨는 별

지구가 잠시 자전을 멈출 때
세상의 밤은
세상의 아침은,
어디쯤 멈출까?

사람들은
밤이 있는 곳이 궁금해지고
다시 돌아올 아침을
기다려줄 수 있을까?

밤이 없는 아침은 밤새
맺힌 이슬조차 떨구고 싶지 않을 거야
떨어지면 끝장나는 순간을
차마 마주하기 두렵거든

지구의 자전을 눈치챈 최초의 사람들이
저서마다 잠시 멈출 수 있음을
잊고 지낸 사이,

별들은
혼자 빛나는 법을 배우거나
부딪혀도 둥그러진 모서리로
아프지 않았으면 해

별들이 어둠을 맞이하는 자세에 대해,
지구 뒤로 한 번씩 숨은 태양에 대해

눈빛을 나누던 우리가
매 순간 일치하지 않았더라도

지구가 어느 한 날 자전을 멈춘다면
함께 바라보던 먼 하늘,
밤과 아침 어디쯤

경계를 잊은 별 하나
오롯한 빛 밝혔으면 좋겠어

피노키오 도와줘!

오래전 네가 하던 헐렁한 거짓말,
수없이 많은 말들 사이를 떠돌다
네 코를 당기고 또 당겨놓았지
길어지고 또 길어지는 것의 끝은 어딜까
그 끝을 향해 가는 것은 어떤 의미일까?

내게도 한없이 길어지고 싶은 순간이
문득문득 찾아오지
그때마다 네 코의 성장을 부러워하곤 해
길어진 코와 너의 의미도 만져보고 싶어
네가 했던 진실 아닌 말들이 내 귓가로
찾아와 속삭여주길 기대하지
내가 오롯이 살아남을 순간이
네 코보다 빠르게 자라주길 바라고 있어

그 옛날 네가 온전히 만들어지고
지금의 내가 불안하게 완성되어도
거짓말의 유전 현상에 대해선 굳게 믿고 싶어
생각만으로 길어지는 비법은 왜

끝내 발견하지 못한 걸까
생각은 진실보다 거짓 쪽으로 충만한데

피노키오!
자랄 만큼 자란 네 코가 더 이상
익숙해서 자라주지 않을 때
가늠조차 안 되는 네 깊이의 마력에
자꾸 혼곤해질 때

피노키오!
내게로 와줘
길어지고 깊어지고 싶은 유효한 내게로

파프리카*

오늘은 그녀를 탐하는 날
두 손엔 멸균된 장갑을 껴야지
붉게 물든 그녀를 만지는 건
언제나 서툴고 두근거려
떠듬거리는 나를 들키고 싶지 않아

도마 위 그녀를 단칼에 열어젖힐 거야
오늘은 심장 근처에 오래 머물고 싶어
일상적 박동에 관한 사소한 원리와
급격한 울렁증에 대한 깊은 이야기
한꺼번에 낱낱이 캐내고 말 거야
아마 쉽게 끝내기 어려울지도 몰라

빨아들인 햇볕의 빛깔과 닮은 그녀의 심장,
붉게 익어가길 소원한 것 같아
익어갈수록 수많은 손길이 필요하지
심장 주변에 단단한 울타리를 쳐야 해

각양각색의 바람이 드나들며

물들어가는 그녀를 한껏 부풀려놓았어
한때, 겉도는 바람마저 간절히
붙들고 있었던 것 같아
가슴에 머무는 것들이란
잠시 머물다 사그라드는데 말이야

도마 위,
열어젖힌 그녀 속으로 맘껏
들어갔다 생각했지
이제 목차를 쓸 거야

1. 가까스로 그녀에게 도달하는 법

* 르네상스 시대 해부학자 베살리우스 해부학 저서 『파프리카』.

오늘의 하이라이트

오늘은 모든 것이 완벽하지
아버지는 낼 죽었고 어머니는 연애 중이야
오늘은 수많은 이빨이 돋아나고
기념일은 꼭꼭 눌러 적혔지
아버지는 뒤늦게 지구의 자전을 이해했지
매일 속도가 다른 무리들과 적당한
거짓말을 주고받으며
매일 조금씩 느린 거리를 유지하셨지

오늘은 아버지 여러 겹의 세계에
난생처음 질문을 던지고
아버지가 혼자 먹던 밥상을
정갈하게 차려야지
아버지는 낼 죽어야 하는데
어머니는 어린 애인에게 종신 보험을 상담했어
어머니의 애인은
아버지의 밥상에 흰밥을 떠 넣으며
총명하신 어머니와 계약을 완료했지
아버지는 어제의 경험을 떠올리고

헐렁해질 심장을 주문했어

어머니는 아버지 묘비명을 찾아
방금 쇼핑몰로 떠났어
생년월일이 숨을 가쁘게 몰아쉬자
아버지는 오늘의 아홉 시 뉴스와
내일의 아홉 시 뉴스 사이 극적인 장면을
집요하게 떠올렸지

아버지가 새로운 습관을 만들기 전
어머니는 다른 채널 속으로 사라졌어

아버지는 낼 죽어야 하는데
오늘은 모든 것이 완벽한 저녁이야

지하엔 무럭무럭 매점

고삐 풀린 말들이 매점으로 모입니다

지하엔 울리기 좋은 천장이 있고 말하기 좋은
시간으로 가득합니다 일인칭 단수의 계단은
반드시 오늘도 일렬합니다
파리보다 맥없는 주인의 하품
콜라나 우유는 동시에 팔리지 않습니다

오픈과 클로즈업을 지지하던 화분이
자리를 구석에 잡아도 시선은 아주 딴청입니다
계란을 넣지 않은 컵라면에 물을 붓습니다
두 손으로 컵을 감싸며 내일의 컵라면도 아마
계란 풀기를 시도하지 않을 겁니다 지하까지 퍼진
신용의 세계는 잔돈 셈하는 시절을 건너뜁니다

다용도 컵으로 커피만 마시고 싶은 순간을 환영합니다
마시며 말할 수 있는 기분을 만들어내는 눈동자를
커피와 동일시합니다 먹는 시간이 풍부하고
오늘의 바나나우유는 컵라면 뒤에 줄을 섭니다

일인칭 단수의 계단을 닦던 아침과도
늘 가까이 지내겠습니다
주인이 잊고 있던 파리가
오른손에 잡히기도 할 때, 컵라면 국물에
누구라도 빠지면 지옥이 되는 순간은 잠시 잊겠습니다

말과 생각을 적당히 조율하고
풀리지 않는 말들이 간접적이어도 괜찮습니다
신용 두터운 매점은 인정하기 좋은 조명을 밝힙니다

말들이 한동안 무럭무럭 합니다

다소 낙관적인 조문

너는 배가 고프다고 말했다
한 상 받는 일은 오래전 일
머릿고기에 새우젓이면
허기를 달랠 거라 믿었다
너는 간간이 허리 편 새우를
눌린 고기에 얹고
헛 표정의 사람들은 상가에
모여들었다

머릿고기를 씹으며 너는
육개장 속
느른한 무를 건져 올렸다
인생이 무로 돌아간다는 것과
연관 지어도 무가 너무 많았다

삼킬수록 반복되는 무
찬송가는 작게 흐르고
부활을 입에 담긴 어색해
너는 믹스커피로

입안을 자꾸 헹궜다

미지근하게 격식 차린
수박을
한입 베어 물자
씨앗이 슬픔처럼 얼렁뚱땅 넘어갔다

망자마저 나른한 시간에
배를 채우니
나무젓가락만
눈시울을 붉히고 있다

4부

플래카드 걸기 좋은 날

바람의 어원

바람이 분다
사피엔스 시절엔 어디나 분홍
분홍은 무겁지 않다

가볍고 아찔해서
걷잡을 수 없는 바람에
분홍이 걸려든다
작은 틈새로 파고드는 바람이
분홍을 뒤흔든다

사피엔스의 언덕엔 오늘도
분홍 꽃들의 절정
분홍은 속도보다 화사하다
방향 잃은 바람이
여러 날의 꽃잎을 떨어뜨린다
떨어진 꽃잎이
분홍을 잊어간다
사피엔스의 시간은
쉽게 증명할 수 없다

떨어진 꽃잎이
음악가의 선율에
화가의 캔버스에
시인의 펜 끝에 바람을 타고
분홍의 흔적을 각인시킨다

언제나
바람의 지배를 받는 사피엔스
바람둥이로 전이될 때
순간이 영원보다 찬란하다

뉴욕 or 뉴욕

돌보지 않아도
직설 화법으로 커가는 당신과
한때 뉴욕을 꿈꿨지
그곳을 그리워하던 때
당신은 나를 부추겼어

밤거리 요란한 소음들로
나를 볶아대고 싶다했지
맨해튼 빌딩 사이에서 괴성을 지르거나
수직 상승에 대해 열변을 토하다가
하강할 때의 슬픔은 접어두기로 한 거야

어딜 가나 알아야 하는 번지수를
싹둑 잘라 목덜미에 둘러주던 당신
진부한 설명을 미행하듯
우리는 거리를 쏘다녔지

준비한 감동을 느끼고 싶어
퍼즐 같은 거리로 나서

조금 늦은 감탄사를 연발했어

당신의 뉴욕은 잠시
반나절 동안 지지부진하고
나는 거리의 무법자로 전락해도
속도감은 없었어

당신과 머물렀던
뉴욕에서 끗발을 날리거나
매우 낙관적인 꿈을 꾸었어도
우리는 허술하게 자랄 뿐이야

길들어지지 않는
당신과 나의 뉴욕
혼자 힘으로 퉁명스럽고,
혼자 힘으로 정의롭지 않았어

태양극장 1997

가리봉동 만민교회 옆엔 태양극장이 있다
간판엔 주일마다 은혜가 충만한지
허연 허벅지를 드러내놓고
유혹하는 그녀가 있다

밤거리를 몰려다니는 국적 모를 실업자들과
곧 백수가 될 낯선 사람들
주일이면 사람들 틈에 끼어
태양극장으로 향한다
그녀의 치맛속으로 향하는 계단이
오천 원에 열리고
사람들은 더듬거리듯 그곳을 오른다

곧 등장하게 될 태양극장 전속 배우 그녀,
기다리는 사람들 눈빛이
처녀막 같은 화면에 꽂혀 있다
금발의 그녀가 등장하자 윤기 없던 얼굴들,
눈알을 굴리며 그녀의 몸뚱이를 핥는다
노련한 교성은 처녀막을 뚫고

끈적한 어둠 속에서 격렬하게 나뒹군다

눈알을 그녀에게 꽂아둔 몇몇이
벌겋게 담배를 뻑뻑거렸고,
단돈 오천 원의 하루를 저당한 사람들
다음 주도 예약한다

창마다 검은 차양이 드리워져
태양이 고이지 않는 태양극장 1997
치맛속으로 향하는 계단이 하혈하듯
붉은 생살을 드러내놓고

몇몇이 히히덕거리며
그녀의 구멍 속으로 들어갔다

라디오 퀴즈쇼

우리의 귀는 적당히 의욕적이고
작은 소리에 쉽게 말려들죠

당신은 오후 가까이 귀를 열어요
오늘의 라디오는 어제의 생일을 전하거나
4차선 도로 불감증에 대해 말하고 있죠
새로 살 신발의 소재는 구체적이고
담배가 오늘이 처음이라 말해도
당신의 취향은 당분간 존중해요
퀴즈 풀기에 적당한 오후,
오늘도 바르게 흐르고 있나요?

구름을 비약하거나 아무 노래나
신청해본 당신과 퀴즈를 풀어요
퀴즈를 푸는 사이 당신의 오답과
나의 정답이 일치하고
당신은 매일 애인에게 했던
같은 목차의 말들을 나열하죠

잠시

어제와 다른 질문이 도착해요

날마다 우리는 알고 지내던 사람인가요?

당신이 낯선 노래를 흥얼거릴 동안

나는 최신형 정답을 준비해요

이런 어색한 퀴즈는

당신을 점점 잘 모르게 부풀려

맞추기 힘든 오후를 만들어요

정답을 엿보기 좋은 지점은 어디 있나요?

우리가 함께했던 라디오 퀴즈쇼

지금 당신에게 귀를 기울여요

내일은 마음에 드는 정답과

마음에 드는 당신을 천천히 맞춰볼게요

호스의 방향성

호스는 한 가지 일에 몰두합니다
한 가지 일은 잘하기 좋습니다
한 치 앞 목표가 흐려져도
거침없는 직진의 본능

호스가 지하로 길을 낼 때
어떤 이는 지하에서 발견되기도 합니다
호스를 따르던 방향에
울음소리가 스며 있습니다

나는 호스의 방향을 따르다가
깊은 웅덩이로 추락합니다
가까이에 울음소리가 가득합니다
나의 전진 본능은 끊임없지만
웅덩이는 말라가는 쪽으로 일정합니다

나는 아무렇게나
물줄기를 뿜어봅니다
웅덩이를 지나 모르는 지하에도 이릅니다

본능은 방향을 잃고
웅덩이마저 나의 날들을 간직할 수 없습니다

나의 물줄기가 꼬부라집니다
꼬부라진 전진을 가늘게 붙잡는 동안
호스는 다만
한 가지 일을 끝까지 해냅니다

가늘고 힘없는 물길에 오른
나는
아직 울음소리를 내지 않습니다

미술 시간

그리고 싶은 것이 유일해질 때,
너는 공룡의 마음까지 만지작거린다
다리가 짧아져 네 곁을
떠나기 힘든 공룡,
초록색 등을 구부리고 이빨은
어디에 두는 게 좋을지 생각한다

선생님은 공룡에 대해 애도할 줄 모르고
사람들은 창밖의 가을을 색칠한다
오늘은 가을을 맘껏 그리라는 선생님
가을은 착하게 가만히 있는다
네가 생각한 공룡의 이빨은 벌린 입보다
짧은 다리 근처에 가시처럼 박힌다
공룡은 가을처럼 가만히 있지 않는다
다리에 불끈 힘을 올린다
무서워지고 있다

사람들 손에서 가을이 점점 완전해진다
은행잎의 정맥이 단풍잎 근처까지

길게 뻗어간다

너는 초록과 빨강의 경계를 넘나든다
공룡이 초록으로 얌전히 그려지면
빨강은 공룡의 입가로 과하게 몰려든다
그런 너를
선생님은 너의 공룡과 함께 멸시하고
힘이 불끈 난 너의 공룡이
선생님의 목덜미를 물끄러미 쳐다본다

미술 시간은 끝나가고
사람들의 가을이 밖으로 나간다

너는 짓밟히지 않은 시간 쪽으로
공룡을 풀어놓는다

슈퍼 마라톤

풍경을 그리겠습니다
그리 맑지는 않습니다 첨부할 하늘은 색이 부족합니다
군인들이 초록을 껴입고 행군을 떠나도
바탕색은 초록으로 우월합니다

발가락으로 몇 번의 빛 번짐이 파고들지만
정면 샷을 부탁합니다
원근법은 평발을 따라 일정하게 달려도
아픈 곳을 밟지 않습니다 신발 끈이 풀리고
색깔의 경계가 느슨한 지점에 방점의 위치를 정하면
하늘은 원근법을 잊은 일부에게 부탁합니다

구부러진 도로의 정면은 또렷하고 요동치는 심장은
빠질 수 없는 초점입니다 결승선을 향해
여러 색을 섞으며 함께 완주할 예정입니다

달릴수록 무거워진 시간을 안고 지나는 길입니다
물빛이 무지개로 번지는 영상을 첨가해야
앞선 풍경이 돋보이겠습니다 언덕 너머 잔영은 잠시

보류한 뒤 가쁜 호흡은 생동감을 노골화합니다

앞에 아무도 없는 뒤를
맨 앞이라 쉽게 단정하지 않습니다
결승선 가까이 뒤돌아보는 순간, 악으로
버티던 시간이 선으로 전환되는 실사를
흑과 백에 모사합니다

부족한 색깔마저 함께 응원할 풍경을 선호합니다
멀리서 흔드는 손을 코스모스처럼 피처링하고
일단 멈춰에도 뛰었던 발들이 찍고 간 흔적에
늦은 하늘색을 덧칠합니다

붉은색 기운으로 이해되는 경기가 마무리됩니다

밤으로의 티켓팅

별들이 가만히 피어난 밤
슈베르트의 입장으로
태어난 음들, 몇몇은 놓쳐도
여전히 빛나는 선율이야
볼륨은 어둠을 사소하게 밝히고

뒹구는 목적에 의지하지 않는
1악장의 나뭇잎들
여린 소음에 화색이 돈다
바닷가 파도 소리
데시벨보다 정확한 리듬을 확산한다
달의 뒤편 구릉에
무반주의 모래가 쌓이고
사막의 아침은 언제나 솔로다
애인 잃은 연인의 거리는
계절 밖으로 한 음계씩 낮아진다
예술가들이 카페에서
빌헬름 1세 위압을 찬양해도
코르셋 사이즈는 템포 없이 조여온다

낭만 가도에 4분음표들이 넘실거린다

지시 없는 농도로 발급된 감정이입
슈베르트의 입장이 점점 노련해진다
언제까지 없던 꿈이 돋아나
공중으로 솟구친다
들리는 것은 믿어주자 낭만주의여!
변하지 않는 것들을
적극적으로 애도하자!

슈베르트가 잠시 머무는
밤의 창가에서

굿텐탁 씨의 보람찬 하루

9시 문 여는 것들을 위해
근육량을 늘려야지
대체로 길들어진 감정들
근육에 보태줄게 안심해
9시 문 여는 것들이 눈을 뜨면
단번에 돌진할 거야

당신의 취향은 오전에 적극적인가?
질문 없이 입장이 가능하도록
작전은 정공의 법칙으로 전향
오전에 기대는 분량을 매우 짧게
굿텐탁 씨
기본 제공 시간을
열에서 다섯으로 늘리는 기준에
매진하기로 했어

9시가 열리면
굿텐탁 씨
안녕 안녕이 멀리 나가고

입구의 보안기는 근육보다
시계만 쳐다본다든가
감정의 순서가 낙하산처럼
시야에서 사라져도 괜찮아

열에서 다섯으로 늘리는 기준
9시가 계단을 역순으로 오르고
정해진 시간마다
새롭게 조각되는 벽의 시점

미리 맞이한 오후에
저녁마저 멀리 있어도
굿텐탁 씨
오늘도 당당히 입장 완료했어

구부러진다는 것

시간을 업은 너의 등이
날마다 조금씩 둥글어진다
오늘은 누군가의 자궁 속
여린 생명이 순조롭지만
범위 밖의 안부는 불안하다

1초 후의 일은 잘 몰라도
1년 후 꽃은 명백하게 피어난다
피어난 꽃들의 가지가 휘어지는 동안
줄기는 곧은 중심을 붙잡는다

예외로 선택되는 구부러진 세계
구부러져야 이름표가 붙는 꽃송이들

시간이 정수리를 짓누르자
곁눈질 없는 꽃줄기가
바닥으로 구부러진다
어린 목덜미로 혈액이 모이면
구부러져서 절정의 고비를 넘는다

구부러져야 비로소 바라보이는 바닥
낮은 빗방울에도 살며시 조아린다

구부러진 최초의 궤적을 따라
너의 등이 쓸쓸히 굽는다 해도
구부러져야 한 세대가 지나간다

플래카드 걸기 좋은 날

아파트는 오늘도 튼튼합니다

튼튼하지 않은 사람들이
비교적 튼튼한 아파트에 삽니다

사람들은 심장 박동 소리에 예민하고
조금 낡은 소리에도 신경이 쓰입니다
심장의 경험이 많은 사람들입니다
이제부터 아파트 소리가 이상하다고
새로 태어나자며
비교적 튼튼한 아파트를 흔들어봅니다

백 년을 넘길 뼈대의 우수성에 도전합니다
백 년을 살지 못한 사람들이 백 년을 아는 척합니다
아직 아파트는 끄떡없습니다
튼튼하지 않은 사람들이 조급해지자
아파트의 아픈 곳을 찾아다닙니다 사람들의
추리력이 아파트보다 강력해집니다

기다리면 사라질지 모를 소실점
언젠가는 만날 일입니다 정기 검사가 필요한 사람들이
검사는 미루고 화단의 나무도 아프다며
안색을 보고합니다 기대 있던 벽마저 의심을 받습니다
빈틈을 제공하면 기대지 않겠다고 다짐합니다

정밀안전진단검사 통과 벽보가 찬란합니다
아프게 보여서 감사합니다 백 년을 빨리 달성해
심장이 한쪽으로 치우치지 않도록 결연하겠습니다

우측 보행

가게 안으로 발들이 도착합니다
당신은 오른발을 내놓습니다

신발 속 사이즈를 알려주세요
잠든 밤에도 안전한 사이즈가 필요해요

오른발과 왼발의 관계는 적절합니까?
왼발에게 금기어를 쓴 적 있나요?
당신의 발걸음이 명백하지 않아도
우측 보행의 규칙은 오늘도 정상입니다

오늘은 옆면이 구겨진 왼발에게
당신의 취향을 이야기합니다
당신은 자주 무구한 오전을 선호지만
가장 빠른 길로 가야 하는 오후뿐입니다

오른편으로 길들어진 도로의 표정들
발끝이 부풀도록 끝내기 어렵습니다
토마토가 입속에서 터지는 동안

당신은 삼키는 법을 잠깐씩 잊기도 합니다
수십 보 일찍 서두르는 얼굴 사이로
메마른 발이 오후를 따라갑니다
거리는 이미 배달된 신발들로 가득하고
여럿이 오른편으로 기울기도 합니다

당신은 어쩌면 아무 발이나 내놓고
시간을 한 번씩 빠트리고 싶습니다
단단해진 계단을 내려가는 동안
왼발의 도움 없이
제자리 뛰기를 시도할 수도 있겠습니다

제자리 뛰기가
완벽할수록 당신의
안전한 오늘 밤은 멀어집니다

폭우의 자세

산 사람은 살아야 합니다
모두가 그러고 싶지만 그러지 못합니다
폭우는 쉬면 안 되는 전략으로 밀려옵니다
다가올수록 누군가
다급한 생명줄을 꼭 쥡니다
폭우는 폭우일 뿐
생명줄을 끊고 묶고는 묻지 않습니다

산 사람들이 갑자기 살던 길을 피해 꼭 쥐고 싶은
시간 쪽으로 달립니다
폭우가 알지 못하는 생명줄은 연한 부분이 버틸 때까지
뽑히기 싫어 질겨집니다

연해본 적 없는 사람은 세상에 없습니다
폭우가 내릴 동안 연해진 시간이 위험합니다
주먹을 펴면 찢겨나갈지 모를 손가락이
뿌리를 움켜잡습니다
사실은 뿌리가 아닌지도 모릅니다
산 사람은 살아야 하는 신념을 실천할 뿐입니다

폭우는 폭우일 뿐 손가락을 주먹이라 생각하지 않습니다
범람은 과도한 생명력을 인정하고 길이 아닌 길도 포함
합니다
폭우는 언제나 지나갑니다

뽑힐 줄 모르던 일들이 뽑혀나가도
지나가는 일을 방해하지 못합니다
폭우가 지나간 자리에 맹목이 선명합니다

잊혀지는 일은 폭우보다 재빠르지 못합니다

깊고 광활한 슬픔의 너머,
비로소 당신에게 도착한

박성현

문학평론가 • 시인

문 #1

기억의 문을 열면, 우리가 경험했던 삶의 편린이 무수한 이미지와 영상으로 저장되어 있다. 무질서하고 인과와 논리가 끊어진 채, 마치 상자 속에 흐트러져 있는 유년의 장난감처럼. 그러나 기억은 우리가 믿는 것과 같이 카메라의 '기록하는 눈'은 아니다. 그것은 공간을 시각으로 잘라낸 일종의 '사물-화'로 축성되지만, 이 '사물'은 독특하게 보는 자의 감각을 재구성한다. 요컨대, 이미지와 영상의 시각성은 다른 감각으로 급격히 확장되면서 부분을 전체로써 완결한다. 시각만으로 이뤄진 기억은 없다. 다른 감각―냄새나 소리, 촉감, 맛―들이 경쟁하듯 부글부글 끓어올라 시각-이미지에 침투하고 그것을 변형하거나 왜곡시키기도 한다. 또한 시각으로 현상된 것조차 뒤섞인다. 유년 시절에 키우던 강아지만 해도 원형보다는 편집을 마친 상태로 등장한다. 렌즈가 집중한 대상은 강조되고 나머지는 흐릿한 유리막으로 처리된 스냅 사진을 떠올려보자.

감각에서 대상은 원형으로 존재하기 어렵다. 유력한 최면술사가 끄집어낸 기억이라 해도, 그것은 사후적(事後的)이고, 때문에 재현이며 게다가 언어로 구조화된 심층이다. 기억할 수 없던 장면을 되살릴 수는 있지만, 그 자체가 언어로 발화(發話)될 수밖에 없으며, 그 순간 기억은 미세하게 뒤틀린다. 거듭 강조하거니와, 기억은 언어다. 우리가 기억을 대상-에-대한 '보존'(혹은 방부처리)이 아니라 '편집'이라 해도 과하지 않는 이유가 여기에 있다.

확실히 기억은 언어로 이뤄진 단절과 비약, 삭제로 이어진 비논리적 흐름의 덩어리다. 언어라는 상징체계로 이끌어내지 않는다면 우리는 명명할 수도, 내적인 유대 관계를 형성해낼 수도, 나아가 역사와 담론으로 엮어낼 수도 없다는 점을 분명히 하자. 따라서 기억은 무정형이며 충동과 욕망, 무의식의 약한 고리다. 단지 문을 열었을 뿐인데, 빙산처럼 거대한 사건들이 준비하고 있었다는 듯 녹아내린다. "날마다 우리는 알고 지내던 사람인가요?"(「라디오 퀴즈쇼」)라는 질문이 향하는 것처럼 기억 속의 '일상'은 순식간에 되살아나지만 시뮬라크르의 무한 복제로 향한다. 무질서하게 흐트러진 기억-이미지와 영상은 이미 원형의 붕괴를 입증한다.

그것들 대부분은 의식의 까마득한 저편으로 방치된 후 각자도생(各自圖生)한 '사라진 것'이다. 그럼에도 불구하고 죽은 자들에게도 나름대로 삶이 있듯 기억도 증식과 분열을 반복한다. 해저에 가라앉았던 잔해(殘骸)는 문이 열리는 즉시 한꺼번에 솟아오르고 터지며 돌진한다. 무너진 둑과 같은, 물의 범람―이것이 기억의 본질이다―에 맞선 '나'로서는 이겨내기 어려운, 그러나 반드시 감당해야만 하는 삶의 불가항력:

문제는 이 기억을 '어떤 방식으로 이끌어내는가'에 있다. 기억이 초래할 가공할 폭력을 끊임없이 회피하면서도 대상을 편향적으로 확증하거나(편집증), 타인의 관심을 끌기 위해 자신이 처한 상황을 지나치게 과장하면서 흥분하거나(히스테리), 그것을 방어적 차원에서 아예 삭제해버리거나(망각), 아니면 아예 기억 속으로 들어가 기억과 함께 스스로를 닫아버리는 것은(분열증) 어쩌면 손쉬운 방법일 수 있다. 왜냐하면, 기억에 맞서기보다는 기억-속-에 자신을 내맡기는 행동이기 때문이다.

하지만 기억을, 그 섬세하고 정교한 디테일에까지 파고든다면, 정확히 말해 자신을 잃지 않은 상태에서 기억의 중압을 견디고자 한다면 상황은 달라진다. '나'는 기억의 내부와 외곽에서 기억에 참여하고 있으며, 언제든지 기억의 문을 열고 뒤엉킨 실타래를 풀 준비가 되어 있기 때문이다. 이것은 판타스마고리아의 실행, 곧 환상의 버튼을 누르는 재현 이상의 사태다. "슈베르트가 잠시 머무는/밤의 창가"(「밤으로의 티켓팅」)라는 허구와 현실의 경계, 오로지 그것만이 내가 나로서 '나'를 만나는 가장 확실한 방법이다.

그러므로 강성애 시인의 문장은, 난파된 기억의 잔해이지만 또한 그 '기억'을 이끌어내고 고양시키는 주술이기도 하다. 이미 형체를 잃어버렸거나 먼지처럼 산산이 부서졌어도 시인의 문장은 "떨어지고 날아가고 펄럭이는 낭떠러지"(「이불은 오래된 새보다 가벼워서」)를 날아가는, 그리하여 "한 번도 가보지 못한 꿈속에 도달한"(「액자의 시점」) '오래된 새'의 의지를 결코 잃지 않는다. 그의 문장은 기억에 속박된 채 살아가야 하는 인간의 숙명에 집중되어 있지만, "열대우림에 내린 눈"(「교과서 이해하기」)과 같은 경악의 순간이 반드시 찾아온다는 사실을 우리에게 충분히 보여주고 있다.

방향을 정하다

이처럼 강성애 시인의 동력은 기억에 대한 저항이다. 그런데 그 저항이 보통 우리가 생각하는 것과는 전혀 다른 양상을 띤다. 무엇보다 그는 기억과 마주하면서도 물러선다. 스스로 적막해짐으로써 사태를 폭넓게 수용하고, 흥분과 긴장을 없애버림으로써 서늘하게 만든다. "당신의 경험 많은 등 뒤로/ 조용한 의자가 도착하고/ 깊어가는 눈동자 속에서/ 순환하는 별들이 길을 묻는다/ 당신의 호흡이 능숙해지자/ 손등 너머 물결도 잔잔해"(「의욕적인 명상법」)지며 또한 "화분처럼 조용히 간결해"지면서 "너와 함께 분별없이 확장"(「식물성 언어」)된다는 것—다시 말해 구부러짐의 방향을 가진다는 것:

1초 후의 일은 잘 몰라도
1년 후 꽃은 명백하게 피어난다
피어난 꽃들의 가지가 휘어지는 동안
줄기는 곧은 중심을 붙잡는다

예외로 선택되는 구부러진 세계
구부러져야 이름표가 붙는 꽃송이들

시간이 정수리를 짓누르자
곁눈질 없는 꽃줄기가
바닥으로 구부러진다

어린 목덜미로 혈액이 모이면
구부러져서 절정의 고비를 넘는다
구부러져야 비로소 바라보이는 바닥
낮은 빗방울에도 살며시 조아린다
─「구부러진다는 것」 부분

　시인은 그 구부러짐을 눈여겨보고 있다. 식물의 가지에
서 꽃줄기가 도드라지더니 그 모든 부끄러움을 벗어버리
고 꽃망울이 피어오르는 것이다. 그런데 놀랍게도 식물은
망울을 만들기에 앞서서 꽃줄기를 은근히 구부린다. 하늘
을 우러르기 전에 바닥에 감사하라는 뜻일지도 모르지만,
적어도 그 구부러짐에는 식물의 의지가 관철되는 방향이
있다. 그리고 그 '방향'은 꽃이라는 기적으로 이어진다.
확실히 구부러진다는 것은 일종의 최종 장으로서의 꽃망
울을 생성하는 일이다.
　그런데 이것이 가능하도록 도와주는 것이 또 있다. 바
로 '줄기'의 악력(握力)이다. 이 악력으로 줄기는 꽃들의
'중심'이 흐트러지지 않도록 촘촘한 여백을 만드는데, 비
록 "피어난 꽃들의 가지가 휘어"져도 줄기만큼은 '최종
장'을 위해 자신의 방향을 노골적으로 밀어붙인다. 그런
면에서 '구부러짐'과 '직선'의 조응(照應)은 섭리다. 우리
가 막연히 흘려보내고 있었지만, 시인이 포착해낸 '구부

러짐'은 이제 그 낯선 발상의 영역을 넘어선다. 더욱이 그는 구부러져야 꽃송이들에게 이름표를 붙일 수 있다고 말한다. 명명(命名) 또한 방향이다.

그리하여 식물은 '곁눈질 없이'(혹은 망설임 없이) '꽃줄기'를 바닥으로 구부러트린다. 바로 이 부분에서 시인의 놀라운 자기 성찰이 시작된다. 투명한 초록의 여린 목덜미로 온갖 양식이 모이면 식물은 그 무게를 겸손하게 받아들이며 자신을 키운 자연에 감사하게 된다. 식물은 구부러지고, 그러한 구부림으로써 자신의 몸에서 열리는 꽃망울이라는 기적을 만들어낸다. 시인은 노래한다. 구부러져야 비로소 '바닥'을 볼 수 있고, 식물을 키운 '낮은 빗방울'에 머리를 조아릴 수 있다고.

호스는 한 가지 일에 몰두합니다
한 가지 일은 잘하기 좋습니다
한 치 앞 목표가 흐려져도
거침없는 직진의 본능
　　　　—「호스의 방향성」 부분

물론 그 방향은 한 가지일 수 없다. 구부러지거나 직진하거나 한 점으로 소진되거나 모두 방향의 가능 영역이다. 위 작품에는 '직진'을 선택한 호스를 보게 된다. 시인이 생각하기에 호스는 "한 가지 일에 몰두"함으로써 그 방향이 가진 '거침없음'과 효율의 '최대치'를 마련하는 노련한 사물이다. 형태의 단순함에서도 잘 드러나듯, 호스는 수다한 일들에 산발적으로 맞닥뜨리기보다는 오직 하나의 일에 집중하고 그리하여 그 사태를 거침없이 밀고 나간다. 이것이 시인이 호스를 통해 경험으로써 체득한 직진의 본능이자 기억과 마주하는 원초적 알레고리, 곧 저항의 집요함이다.

　　세상 간편한 위로의 말,
　　이 또한 지나간다
　　―「지나간다」부분

　저항의 힘은, 말들을 바로 세우기도 한다. 시인에게 "이 또한 지나가리라"라는 유대인들의 진리는 자기 자신을 방치할 뿐인 독약과도 같다. 세상 참 간편한 그래서 쓸모없는 수사에 불과한 '위로'일 뿐이다. 그는 이를 증명하기 시작한다: "급여를 받던 당연한 날들,/ 거지같은 일이라 생각하던 날들이 지나간다/ 한 달에 하루쯤 넉넉한 통장 잔고가 지나간다/ 한 달에 하루 쓸 수 없는 월차가 지

나가고/ 아침마다 로또 판매점 앞 발걸음이 지나간다/ 계
단을 오르는 몸뚱이가 향하던/ 첫 출근의 꿈이 지나간다/
담장 밑을 서성이는 고양이/ 집을 나온 걸까,/ 짧은 생각
이 함께 지나간다"라고 쓰면서 이 말의 가면에 숨은 위악
(僞惡)을 들춰내는 것이다.

　그렇지만 그는 그 벽을 회피하지 않는다. 삶이란 생활
과 실존이고, '나'에게 끊임없이 닥쳐오는 시련과 비극이
겠지만 그는 자신의 바닥을 다지는 것이다. 비록 "구부러
진 도로의 정면은 또렷하고 요동치는 심장은/ 빠질 수 없
는 초점"이라 해도, 그는 "결승선을 향해/ 여러 색을 섞으
며 함께 완주할 예정"이라는 것을 계시한다.

　결승선 가까이 뒤돌아보는 순간, 악으로
　버티던 시간이 선으로 전환되는 실사를
　흑과 백에 모사합니다

　부족한 색깔마저 함께 응원할 풍경을 선호합니다
　멀리서 흔드는 손을 코스모스처럼 피처링하고
　일단 멈춰에도 뛰었던 발들이 찍고 간 흔적에
　늦은 하늘색을 덧칠합니다

　붉은색 기운으로 이해되는 경기가 마무리됩니다
　—「슈퍼 마라톤」 부분

경험한 사람만이 알 수 있을 것이다. 인간의 한계를 이겨내며 달리는 선수에게 결승선이란 목적이자 태도이며 방향의 변곡점이라는 것을. "악으로 버티던 시간이 선으로 전환되는" 흑백의 실사라는 것을. 그는 한계를 넘어선 육체가 마지막 힘을 짜내며 세계가 순간적으로 두 개의 영역으로 갈라지는 일종의 영적인 체험을 한다. 다른 감각도 오로지 이 흑백의 '선'에 집중되고 있으니, 그 강도(强度)는 얼마나 강할 것인가. 감각의 왜곡에 기인한 색의 부족은 부차적이며 곧 복원된다. 그는 결승선에 도달하고서 온몸을 감도는 용광(鎔鑛)과 같은 뜨거운 기운을 만끽한다. 흑과 백으로 분산되고 다시 모이는 통증, 저림, 떨림, 무감각, 마비…….

이제 방향은 생활과 실존을 대칭한다. 우리가 살아가면서 무수히 봐왔던, 쉽게 지나치기 쉬운 플래카드를 통해서도 그 방향은 영역을 가진다. "정밀안전진단검사 통과 벽보가 찬란합니다/ 아프게 보여서 감사합니다 백 년을 빨리 달성해/ 심장이 한쪽으로 치우치지 않도록 결연하겠습니다"(「플래카드 걸기 좋은 날」), "망자마저 나른한 시간에/ 배를 채우니/ 나무젓가락만 눈시울을 붉히고 있다"(「다소 낙관적인 조문」), "언제나/ 바람의 지배를 받는 사피엔스/ 바람등이로 전이될 때/ 순간이 영원보다 찬란하다"(「바람의 어원」), "9시 문 여는 것들을 위해/ 근육량을 늘려야지/ 대체로 길들어진 감정들/ 근육에 보태줄게 안심해/ 9시 문 여는 것들이 눈을 뜨면/ 단번에 돌진할 거야"(「굿텐탁 씨의 보람찬 하루」) 등의 수다한 문장에서 여실히 나타나듯, 세속화된 뼈아픈 냉소마저 기억의 방향으로 수렴된다.

한 가지 특이한 것은 그가 사물에서 방향을 발견하기까지 '아무런 생각도 하지 말자'는 결심도 했다는 점이다. 평소에도 시인은 온갖 의문들에 시달리며 한낮에도 어지럼증이 일어나는데, 호흡이 가늘어질수록 몸을 상하지 않고 '도려내는 법'을 강구한다. 하지만 불가능하다. 생각을 밀어낼수록 그것은 또 다른 저수지에 고이고 위험 수위까지 차오른다. "생각이 아주 필요 없는 사람처럼/ 오늘의 운세 따위에 맡겨버리"(「생각 연습」)려고 하거나, "셀 수 없는 시간이 쉽게 휘어진다/ 아무 일 없는 것처럼/ 너도 무심히 사라진다/ 머릿속이 사막처럼 자꾸 언덕을 바꾸자/ 식은땀이 뜨거워진다"(「아무 생각 안 하는 밤」)는 것. 때문에 아무 생각도 안 하는 것은, 오히려 생각을 더 밀고 나가 그 방향을 좀 더 명시적으로 드러내는 것이 아닐까. "왼쪽 귀는 자세를 낮추는 법에 몰두하고/ 우리는 각자 다른 방향으로 기울어진다// 기울어진 세계 속에서 나는/ 어제의 경험을 생각한다"(「귓속말」)는 깊고 광활한 슬픔과도 같은.

상자, 기억의 집

이제 우리는 시인이 축성한 기억의 문을 열어야 할 차례다. 과연 시인의 기억-상자에는 무엇이 저장되어 있을까. 그는 무엇을 느끼고 감각했으며 그 '더미'를 어떤 식으로 파헤치고 해부했을까. 그 과정으로서의 시는 또 무엇을 우리에게 들려주고 있을까. 답은 명료하다. 우리의 생(生)이 그러한 것처럼, 시인도 생활이라는 지극히 세속적인 일상을 통해 소소한 개인사는 물론이고 종교적 자기성찰까지 다양한 스펙트럼을 펼쳐놓는다.

이를테면, "가지런한 사물함에 이름을 붙입니다/ 나의 사물들은 시큰둥합니다 나는/ 기웃거리다가 사물에 걸려 넘어져본 적 있습니다/ 어쩌다 일어서고 바닥은/ 여전히 울퉁불퉁합니다"(「묵비권」)라는 문장을 통해 그는 명시적으로 기억-상자에 담긴 이미지와 영상의 사물성을 보여주고 있으며, 그 사물성의 실체는 "아버지의 퇴근이 동물의 왕국보다/ 헐렁해지자 우리는,/ 넓은 초원을 떠났다"(「동물의 왕국」), "미술 시간은 끝나가고/ 사람들의 가을이 밖으로 나간다// 너는 짓밟히지 않은 시간 쪽으로/ 공룡을 풀어놓는다"(「미술 시간」), "세상 간절한 5분,// 방금 지나간 1분의 자세로/ 4분을 기다린다/ 라면 끓이는 방법이 표면에/ 깨알처럼 박혀 있구나!/ 끓는 5분 동안/

깨알 같은 방법을 무시한다"(「라면을 끓이는 동안」) 등의 문장에 나타난 것처럼 일상의 사소한 풍경들이다.

주목할 점은 여기서 사물성이란, 그 사물에 대한 '사용가치'의 회복이라는 것이다. 자본주의 사회에서 사물은 오로지 교환가치로서만 존재한다. 대량으로 생산되고, 그것도 획일화된 채 본래의 효용성을 잃어버리고 만 사물을 그 뿌리부터 전도시켜 제자리로 돌려놓는 것이 시인의 일차적인 목표다:

토마토가 입속에서 터지는 동안
당신은 삼키는 법을 잠깐씩 잊기도 합니다
— 「우측 보행」 부분

토마토를 씹다가 잠깐이지만 삼키는 법을 잊은 적이 있다는 고백은, 토마토에 대한 완벽한 배반이다. 우리는 그러한 이상 행동이 이미 일상이 되어버린 세계에서 살고 있다. 이 공간은 비(非)-문법이 지배하는 세계다. 말의 비규범적 화용(話用)은 아무렇지 않게 용인되고 있으며, 윤리 또한 각자의 기준(혹은 감정)에 따라 달라진다. 불행하지만 "오늘은 아버지 여러 겹의 세계에/ 난생처음 질문을 던지고/ 아버지가 혼자 먹던 밥상을/ 정갈하게 차려야지/

아버지는 낼 죽어야 하는데/ 어머니는 어린 애인에게 종신 보험을 상담했어/ 어머니의 애인은/ 아버지의 밥상에 흰밥을 떠 넣으며/ 총명하신 어머니와 계약을 완료했지/ 아버지는 어제의 경험을 떠올리고/ 헐렁해질 심장을 주문했어"(「오늘의 하이라이트」)라는 사건들에 우리는 익숙해져 있다.

사정이 이러하니 "산 사람은 살아야 합니다/ 모두가 그러고 싶지만 그러지 못합니다/ 폭우는 쉬면 안 되는 전략으로 밀려옵니다/ 다가올수록 누군가/ 다급한 생명줄을 꼭 쥡니다/ 폭우는 폭우일 뿐/ 생명줄을 끊고 묶고는 묻지 않습니다"(「폭우의 자세」)라는 문장에 대한 우리의 반응은 기괴하다. 산 사람은 살아야 하고, 폭우는 폭우일 뿐이라는 아주 명쾌하고 단순한 진리는 어딘지 모르게 불편하고 낯설다. 특히나 그가 소환하는 이미지들의 시퀀스는 결코 익숙하지도 편안하지도, 그렇다고 보기에도 좋지 않다.

가리봉동 만민교회 옆엔 태양극장이 있다
간판엔 주일마다 은혜가 충만한지
허연 허벅지를 드러내놓고
유혹하는 그녀가 있다
— 「태양극장 1997」 부분

생각은 자주 막혀
믹스커피를 찾는 날들이
늘어가고,
싱거운 생각이 대충 날 때
카페인은
의미 없이 안전하다
　　―「브레이크 타임」부분

「태양극장 1997」은 어느 '장소'에 대한 이율배반적인
기억에서 출발한다. 한때 서울의 가장 음습한 곳이었던
변두리 가리봉동. 그 복판에 밀집한 쪽방촌에서는 매일
싸움이 일어나고 사람이 죽어나가는 일이 비일비재했다.
한낮에 잠깐 모습을 드러낸 사람도 무적자(無籍者)다. 그
런 지역에서 교회는 소금과 같은 등대일 터, 하지만 교회
는 이상하리만치 폐쇄적이다. 교회 옆에 뱀처럼 똬리를 튼
'태양극장', 성(聖)과 속(俗)이 데칼코마니처럼 은밀하게
교접하는 이 동시상영 극장에서는 매시간 "허연 허벅지를
드러내놓고/ 유혹하는", 교회가 허락했을 리 만무한 여배
우의 교성이 들린다. 여기서 시인은 예배당을 울리는 울
음에 가까운 기도를 대칭하는데, '속'은 '성'으로 고양되
지만 오히려 '성'은 '속'으로써 붕괴한다.
　　반면,「브레이크 타임」은 감정이 고독을 어떻게 받아들

이는가에 대한 개인적 사연이 담겨 있다. 시인은 무언가를 끊임없이 떠올리고 되새기지만, 그것은 이내 홍수처럼 범람하며 그의 머릿속을 잠식한다. 그럴 때면 그는 습관처럼 '믹스커피'를 찾는다. 커피와 설탕과 프림의 비율을 맞추고 적당한 온도의 물과 최적의 조합을 이룬다면 제맛이지만 정확히 맞추는 것은 쉽지 않다. 잠시 멈추는 생각의 편린, 그는 부쩍 믹스커피를 많이 마신다고 생각한다. 비록 그 생각들이 가볍고 싱거울지라도 말이다. 상황이 이쯤 되면 믹스커피와 생각의 유연한 흐름은 전도되면서 자리를 바꾼다. 그는 믹스커피를 마시기 위해, 다시 말해 "의미 없이 안전한" 카페인 섭취를 위해 무의식적으로 생각을 범람시킨다.

골목 안에서 나는 조금씩 유일해졌다
— 「기울어진 골목」 부분

국자로 휘휘 저을 줄 아는 부드러운 내면이 필요해
— 「카레라이스」 부분

익어갈수록 수많은 손길이 필요하지
심장 주변에 단단한 울타리를 쳐야 해
— 「파프리카」 부분

생각의 범람은 과잉의 전조이자 징후. 그러나 시인에게 그 '과잉'은 '내'가 '나'를 되돌아볼 때 생기는 독특한 현상이다. 그는 기억-상자에서 '골목'을 꺼내는데, 골목에는 그것과 관련된 이미지와 영상이 무수히 달려 있다. 사정이 이러하니, 너무나 많은 이미지와 영상들이 한꺼번에 쏟아지는 사태를 해소하기 위해서는 누군가는 중심을 세워야 한다. 물론 '중심'이란 내가 될 수도 혹은 당신이나 익명의 3인칭이 될 수도, 혹은 사물 자체가 될 수도 있겠지만, 가장 확실한 것은 기억의 실행 주체로서의 '코기토 cogito'다.

그는 자신이 골목 '안'에서 유일한 등장인물이라고 술회한다. 다시 말해 무정형의 덩어리일 뿐인 기억-상자에서 방향과 시간의 주어는 '나'라는 과감한 선언이다. 사람들이 골목을 지나갈 때—아마 그들은 골목에 들어서자마자 방향을 상실했을 텐데—면, 그를 중심으로 동쪽을 정하고, 서쪽으로 향한다. 밤도 그의 동의로 시작된다는 진술은 이 때문에 정당성을 얻는다. 다만 주의할 것은 '나'의 유일성은 골목 안에서만 한정된다는 사실이다. 한정이라는 꼬리표가 달려 있다. 그의 시를 감상할 때 잊어서는 안 되는 조건이다.

그런데 '나'의 유일성은 어떤 사건을 계기로 도드라졌을까? 다시 기억-상자로 가보자. 시인은 「바닥의 특권」

서두에서 바닥에 나뒹구는 사과를 보고서는, "바닥에 관한 한 이골이 난 인생"이라고 자신을 표현한다. 이어서 "더 이상 떨어질 곳 없을 때/ 받아준 바닥/ 거친 몸부림에도 끄떡없던 바닥/ 온전한 몸으로 뒹굴기 좋은 바닥에/ 방점을 찍는 사과/ 나의 삐뚤어진 모서리도 둥글어진다"고 쓴다. 바닥을 디뎌본 사람이라면, 바닥을 딛고 일어서는 두 발이 내 일생을 감당해온 견고한 의지라는 사실을 깨달을 수 있다. 때문에 바닥까지 내려간 사람은 그 조건에서는 유일해진다.

중심을 세운다는 것은 그 '바닥'에 올곧이 선다는 말과 같다. 나를 매개로 세계를 다시 배치하겠다는 제국주의적 책략 같은 것이 아니다. 그것은 다만 내가 세계-속-에서 세계와 대면하고 세계를 내재화하며 세계와 더불어 살겠다는 의지의 또렷한 표상이다. "나의 새벽은 붉은 해와 달이 일치한다// (중략) // 이제 너의 먼 곳의 시간을 끌어다가/ 나의 시간 곁에 빼곡히 옮겨 적고/ 천천히/ 너의 붉은 뼈들을 완성"(「호모 사피엔스 사피엔스」)하겠다는 것. 물론 '나의 새벽'이란 들뢰즈의 '리좀'에 가깝겠지만.

그러므로 시인은 "국자로 휘휘 저을 줄 아는 부드러운 내면이 필요"하다거나, "익어갈수록 수많은 손길이 필요하지/ 심장 주변에 단단한 울타리를 쳐야 해"라고 고백할 수밖에 없다. 부드러운 내면이란 익어감의 확증이고, 이 '확증'은 중심-세움에 대해 결정적인 역할을 실행하는 것이다.

문 #2

이때 기억-상자는 주체가 중심으로 향하도록 이끄는 중요한 근거가 된다. 다만, 주체가 주체로서 일어서기 위해서는 반드시 그에 맞는 품격을 가져야 한다. 사물은 단지 교환가치로서만 현존하지 않는다. 사용가치라는, 유일한 품격을 통해 그것은 사물로서 고양된다. 반론도 있을 수 있다. 유리로 만들어진 망치라는 공예품이 있을 수 있기 때문이다. 하지만 그 '망치'는 본래의 사용에서 완전히 벗어난, '공예'라는 또 다른 '사용'으로 건너가 버린 후다. 이를테면,

탁자 위에 의자가 올려져 있다

(중략)

네 다리만 믿었던 의자가
허공에 단단히 박힐 수 있을지
잠시 생각을 한다
　─「의자의 품격」 부분

라는 문장처럼, 네 다리로 바닥을 딛지 않은 상태의 의자는 본래의 사용에서 멀어지게 되며, 따라서 그 품격은 다른 맥락을 갖는다. 탁자 위에 의자가 올려져 있다. 시인은 이를 잠시 지켜본다. 그리고 바닥을 디딜 때처럼 허공에 단단히 박힐 수 있을지 잠시 생각하는 것이다.

이러한 사태는 기억이 이미지나 영상의 더미만이 아닌, 그것을 둘러싼 미세한 감각의 스펙트럼, 사유의 그림자, 감정의 온도와 관계하고 있다는 것을 증명한다. 시인이 '골목'을 집었을 때, 다른 '것'들이 꼬리표처럼 딸려 나오는 이유가 여기에 있다. 기억은 감각과 사유이고 감정이면서 동시에 '나'를 나로서 고양하는 품격이다.

당신은 하얀 목련을 좋아했지
하얗다는 것은 아슬아슬 긴장된다고
문득 당신은 지는 것들에 예민해지고
밟아도 넉넉한 색깔을 물어왔지

하양은 자주 눈이 부셔
곁에 있는 사람마저 눈을 감게 된다고
당신이 좋아한 노래도 시간이 지나면
낙엽처럼 쓸쓸히 떨어뜨리고 싶다고

하얗게 떨어지는 시간을 통과해
발자국 남기지 않는 잎사귀로 돋아
혼자 물드는 법을 배우고 싶다고

살아 있는 동안
하얗게 눈부실 자격은 차고 넘치지
당신은 시간이 흘러도 오로지
하얗게 신비롭고 싶어했지
당신이 좋아하던 템포로
꽃잎이 지고 나면
하양은 그저 밟아보기 전 시간으로
돌아가면 좋겠다 말했어

당신의 노래처럼 변해가는 꽃잎들
감정에 충실한 방향으로
빛을 발산하곤 했지
세상의 흰빛이 오직 흰빛을 놓아줄 때
당신이 좋아하던 하얀 목련은
당신 너머에서 멈추고 말았어

세상 끝의 시간까지
하얀빛으로 사라진다 해도
쓸쓸하긴 마찬가지야

하얗기만 한 시절은 아마도
당신이 가진 최초의 슬픔일 거야
―「봄꽃 엔딩」 전문

시인은 기억-상자를 열면서, 온갖 사물과 사건에 뒤엉켜 있는 '당신'을 일으켜 세운다. 이 시집에서 기억의 처음과 끝을 매개하는 '최종 장'이란 바로 '당신'이라는 것. 그는 '당신'을 열쇠로 하여 '상자'를 열었으며, '당신'을 끝없이 복원함으로써 순간적인 기억의 부스러기들을 전체 혹은 '영원'으로 고양한다. 요컨대, 시인이 세우고자 하는 '중심'이란 '당신'이며, 오로지 당신을 통해서만 그는 '자신-되기'에 이르게 된다. 이쯤 되면, '당신'을 '나'로 돌려놔도 무방할 정도다.

골목을 걷다가 문득 볕이 잘 드는 곳에 수줍게 피어난 '목련'을 본다. 그 목련은 곧바로 '당신'으로 미끄러지며 당신이 건네준 말의 색깔과 온도를 상기한다. "하얗다는 것은 아슬아슬 긴장된다", "하양은 자주 눈이 부셔/ 곁에 있는 사람마저 눈을 감게 된다"는 말의 너머에, 씻을 수 없는 아련한 슬픔이 묻어 있다. 또한 적막한 골목의 어느 창가에서 들려오는 노래에도 '당신'이 있다. "하얗게 떨어지는 시간을 통과해/ 발자국 남기지 않는 잎사귀로 돌아/ 혼자 물드는 법을 배우고 싶다"는 고백이 노래의 여백에 감겨 있는 것이다.

도처가 '당신'일 만큼 당신은 범람한다. 누군가는 지나
침이고 과잉이라고 말하겠지만, 그것은 곧 결핍(혹은 '결
여')의 다른 이름으로 치환될 수 있다. 모자라기 때문이
넘치는 것이다. 당신의 부재는 '나'를 결핍으로 이끌었으
나 '나'는 이미 범람함으로써 죽음과 같은 부재를 대체한
다. '나'는 '당신'을 환기하는 사물들을 거듭 소환하고 자
꾸만 그쪽으로 기울어진다. "혼자 물드는 법"이라는 문
장이 심장을 날카롭게 찌르고 있지만 밀물처럼 밀려오는
당신을 '나'는 돌이킬 수 없다. 그때 "하얗게 신비롭고 싶
다"는 당신의 말이 기억의 저편에서 들려온다. 계절의 순
환에 따라 꽃잎이 지는 것은 순리겠지만, 당신은 역행하
겠다는 말이다. "그저 밟아보기 전 시간으로/ 돌아가"고
싶다는 목소리도 듣는다. 귀를 열고 다시 재생되는 '말'들
은 부재와 부재 '이전'의 사태를 동시 현상한다.

*

다시, 시인은 목련 앞에 선다. 당신의 부재가 무색할 정
도로, 저 목련에서는 기억의 '말'들이 쏟아진다. "감정에
충실한 방향으로" 흰빛 또한 목련에서 발산되고 있다. '나'
는 그때와 똑같이 목련 앞에 서 있고, 그때와 똑같이 당신
의 말을 듣고 있으며, 당신이 부르는 노래와 더불어 목련

146

의 빛 속에서 녹아내리고 있다. 하지만 당신의 부재는 '나'의 감정을 장악하고 만다. '나'는 쓸쓸해지면서 "당신이 가진 최초의 슬픔"을 완성하는 것이다. "함께 바라보던 먼 하늘,/ 밤과 아침 어디쯤// 경계를 잊은 별 하나/ 오롯한 빛 밝"(「경계에 뜨는 별」)히는 순간이다. 🔚

달아실시선 75

우리 이제 함부로 사소해지자

1판 1쇄 발행	2024년 1월 20일
지은이	강성애
발행인	윤미소
발행처	(주)달아실출판사
책임편집	박제영
디자인	전부다
법률자문	김용진, 이종진
기획위원	박정대, 이홍섭, 전윤호
주소	강원도 춘천시 춘천로 257, 2층
전화	033-241-7661
팩스	033-241-7662
이메일	dalasilmoongo@naver.com
출판등록	2016년 12월 30일 제494호

ⓒ 강성애, 2024
ISBN 979-11-91668-69-8 03810